KB266480

불타의 달빛 유희

불타의 달빛 유희

불타의 달빛 유희

인쇄 · 2026년 4월 20일 | 발행 · 2026년 4월 30일

지은이 · 수완
펴낸이 · 한봉숙
펴낸곳 · 푸른사상사

주간 · 맹문재 | 편집 · 지순이 | 교정 · 김수란
등록 · 1999년 7월 8일 제2-2876호
주소 · 경기도 파주시 회동길 337-16(서패동 470-6) 푸른사상사
대표전화 · 031) 955-9111(2) | 팩스 · 031) 955-9114
이메일 · prun21c@hanmail.net
홈페이지 · http://www.prun21c.com

ⓒ 수완, 2026

ISBN 979-11-308-2372-0   03810
값 13,000원

푸른사상
시선

225

불타의 달빛 유희

수완 시집

　지난 2024년과 2025년은 우리나라에 자연재해와 인재가 겹친 해였다. 2024년 12월 3일 밤 10시 뜬금없는 비상계엄령을 윤석열 대통령이 선포하여 나라와 온 국민들을 나락의 수렁으로 빠뜨렸다. 한파가 몰아치는 길거리로 뛰쳐나온 시민들은 여의도 국회의사당에 집결하여 무장계엄군과 경찰들의 국회의사당 진입을 맨몸으로 막았다. 국회의원들까지 국회의사당 진입을 막는 계엄군과 경찰들을 피해 담장을 넘어서 가까스로 국회의사당에 들어온 의원들도 있어서 다행히 정족수를 채워 계엄 해제안을 의결하였다. 윤석열 대통령은 국회에서 탄핵당했고 헌법재판소에서 탄핵 인용이 결정될 때까지 국민들은 길에서 함께 고통을 감내하며 궐기했다.

　"2025년 4월 4일 대통령 윤석열을 파면한다." 헌법재판소장의 판결문 낭독에 국민들을 환호했다. 일부 극우 보수주의자들의 반발은 매우 폭력적이었다.

윤석열 파면으로 쓸어내리던 가슴에 또다시 자연재해가 겹쳤다. 지리산의 산불이 산청과 하동을 휩쓸었고, 안동 지역에서 발화한 산불은 동해안까지 번져갔다. 산불 재해의 복구를 채 하기도 전에 홍수가 지리산 일대와 서해안을 휩쓸었다. 정취암도 산사태로 인한 홍수 피해가 있으나 불행 중 다행히 경내의 전각들은 홍수 재해를 피했다.

인재와 자연재해가 겹친 지난해를 청산하는 의미에서 이번 시집을 발간하려 한다.

날마다 새롭게 솟아오르는 태양처럼, 구름 끼고 눈비 오는 날에도 변함없이 세상을 밝혀주는 태양처럼, 희로애락의 인연들도 삶의 제 각각의 모습이듯 인욕으로 감내할 것은 인욕으로 감내하고, 기쁨으로 나눌 것은 기쁨으로 함께 나누며 회향하는 마음에서 이 시집을 낸다.

지난 2019년 1월에 다섯 번째 시집『유마의 방』을 내고 나서 8월에는 62분의 시인들이 정취암을 소재로 쓴 시편들을 모아서 정취암 시집을 출판했다. 정취암을 방문하고 정취암을 소재로 한시를 써서 여러 지면에 발표를 함으로 해서 이

후 많은 분들이 정취암을 찾는 인연의 가교가 되었다.『유마의 방』을 출간한 후 써온 시편들을 모아서 이번에『불타의 달빛 유희』를 출간하게 되었는데, 먼저 시평을 흔쾌히 써주신 공광규 선생님께 마음 깊이 감사드린다. 공광규 선생님은 현대불교문인협회 창립 이래 편집주간과 사무총장 등의 책임을 맡아 지금껏 이끌어 오신 분으로 많은 사람들이 흠모하는 시인이므로 귀한 서평에 거듭 감사드린다.

그리고 이 시집의 원고 교정과 편집에 대한 도움을 주신 계간『불교와 문학』 편집주간을 역임하신 김은령 선생께도 감사드리며, 시집 출간을 선뜻 응낙해 주신 푸른사상사와 편집에 도움 주신 맹문재 선생께 감사드린다.

2026년 2월 설날을 맞으며
정취암에서 수완 합장

차례

제2부

제3부

제1부

탁본

내가
네 안의
나를 볼 때

너는
내 안의
너를 본다

먹지로 탁본을 뜬
너와 나는
팔만대장경을 새긴
경판

명자꽃 온기

한겨울 추위를 견디고
볼이 불그스레 홍조 띤 명자꽃
마른 가지 끝에서
생명의 환희가 피어난다
먼 산 아지랑이도 어머니 품속 같다
명자꽃 향기에 취한 강아지
하늘하늘 밀려오는 잠 속으로 스며드는
나비 한 마리
서로 따사롭다

별, 그리고 너와 나

2025년 10월 마지막 밤

별들이 서로를 비추며

속살거리는 이야기에 귀 기울인다.

수많은 오늘과

수많은 내일을

수많은 어제로 흘려보내며

내가 바라보고

내가 자각하는 나의 별은

무수히 나를 기다리고

또 떠나보낸다.

시간과 공간 사이를 윤회하는 너와 나는

어느 별에서 와서

어느 별로 떨어지는 별똥별일까?

수많은 혼불이 올라가 별이 되고

수많은 별이 내려와

전설이 되고 이야기가 되는 오늘

그리움은 꽃이 되고

바다에 비친 꿈이 하늘이 되고
하늘에 비친 꿈이 바다가 되듯
네 마음에 비친 꿈이 내가 되고
내 마음에 비친 꿈이 네가 된다

바다는 흰구름이 되어
하늘로 날아오르고
하늘은 구름이 되고
빗방울이 되어
바다 위로 내린다

내 마음에서 피어오른 그리움은
너에게로 향하는 바람이 되고
너의 마음에서 피어오른 바람은
나에게로 와서 꽃을 피운다

Amor—fati

아모르-파티
파아란 하늘 위로 흐르는 구름처럼
삶의 소용돌이가 되어 굽이치는 물결

슬퍼하고 아파하는 것도
성내고 절망하는 것도
기뻐하고 행복해하는 것도
모두 내 삶의 조각들
내가 사랑해야 할
마음으로 그리는 운명의 파편

지나간 날들을 회상하고
다가올 미래를 꿈꾸는
모든 일상들을
가슴 가득 충만하게 하자
그리고 삶을 온전히 사랑하자

이 가을에 가고 싶다

창문 너머
파아란 하늘에 비친 구름 사이로
단풍 진 나뭇잎이
한 잎 한 잎 날아오르다
시샘하는 바람결에 화들짝 놀라
하르르 쏟아져 내린다

창문에 비친
하늘과 구름 사이로
오고 간 이야기로 새긴
푸른 잎이
노랑 빨강 단풍으로 물들고

이 골짝 저 골짝
바위틈과 나뭇등걸 사이에
오간 이야기들이
이끼가 되고 전설이 된다

하늘에 비친

구름과 나뭇잎과 바람이

구성진 가락으로 물들어갈 때

가을비 내리는

한적한 그 들녘, 거닐고 싶다

헤어짐과 만남의 순간

사람들은 헤어질 때
다시 만나자고 흔히 말한다
헤어짐과 만남의 약속 사이에
그러나 다음을 기약해야만 하는 것은 아니다
꼭 다시 만나려 하는 것도 탐욕이다
만남과 헤어짐도 날숨과 들숨 같아
들숨으로 들이켠 공기가
몸 구석구석을 돌아다니다
날숨으로 밖으로 나가면
몸속을 기억하는 공기와
잊어버린 공기가 따로 있는 것은 아니다
내가 기억하는 순간과
내가 기억하지 못하는 순간이 있을 뿐이다
삶을 스쳐 간 수많은 순간들이
이야기가 되고 추억이 되는 것은
진주조개가 진주를 품는 순간과 같다
만남과 헤어짐 속에서
그렇게 이야기가 시작되고 기억된다

삶의 너울

우리가 살아가는 삶의 이야기가
산너울이 되어 너울너울 물결친다
어떤 너울은 기쁨이 되고
어떤 너울은 아픔이 되기도 한다
기쁨의 너울도 아픔의 너울도
내가 겪어온 삶의 숨결
영원히 간직하고 싶은 일도
한순간이라도 생각하고 싶지 않은 일도
온전히 내가 겪어온 삶의 너울
내 안에 그려진 지울 수 없는 자취가 되어
각기 다른 빛으로 너울진다

꿈속의 고향

드보르자크 교향곡 9번
신세계로부터 2악장 라르고
아주 작은 떨림과 숨결까지도
낱낱 생명의 빛으로 깨어나
오케스트라의 합성과 조화를 이루며
하늘을 여는 언어가 된다
마에스트로의 몸짓 하나 눈빛 하나까지도
청중들의 떨림을 담은 품속에는
빛 빛마다 어우러져
반짝이는 윤슬의 빛 물결이 되고
천상의 소리로 깨어나서
숨결 같은 안개비가 되어 마음을 적신다

산너울과 일출을
마음으로 보고
마음으로 들으며
마음을 적시던 날에
하늘과 구름과 출렁이는 산너울이

음악 속에서 안개비가 되어
고향의 하늘과 고향의 땅을 적시고
꿈속에 그리는 어머니의 가슴을 적신다

관세음보살, 다녀가셨다

보리!
2010년 2월 20일 내게 왔다
2020년 2월 5일 자는 듯 떠나갔다
여리디여린 봄빛으로 왔다
맑고 밝은 환한 봄빛 속으로 떠나간 너는
항상 마음 깊은 곳에 너의 사랑을 간직하게 하였다

10년!!!
너와 함께 지낸 10년의 세월을 펼쳐보면
거기 너를 보며 웃고 울던 시간들이 주마등처럼 흐른다
내 안의 너를 내가 기억하듯
너는 네 안의 나를 똑같이 기억했다가
다시 만나는 날 환한 미소로 만나자

3년 전 살인 진드기에 물려 바베시아 균에 감염되었을 때
수혈을 위한 혈액 주머니와 링거 주머니를
가냘픈 몸에 함께 매달고 헐떡이던 너
차마 지켜보기도 애처로웠다

그대로는 보낼 수 없어 절규하는 마음으로 너를 돌보았고
처절한 투병으로 두 달여 만에 겨우 기력을 회복하여
그렇게 또 너는 사랑의 힘을 확인해 주었다
누구에게나 안기어 기쁨을 나누어 주던 너는
자비를 베푸는 관세음보살의 화신이었다

네가 떠난 자리가 허공 같다
네가 남긴 사랑이 바다 같다
허공에 닿은 바다
바다에 닿은 허공

웅이를 보내면서

2000년 5월 하얀 털이 유난히 반짝이는 웅이는 진도견인데 우리 곁에 와서 정취암 대중이 되었다.

어린 웅이는 자태가 사자 같던 차오차오인 곰의 품에 안겨서 잠을 잤다.

2022년 11월 20일 새벽 도량석을 하기 위해 나오니 곰이 예사롭지 않게 자꾸 짖어서 가보니 웅이가 자는 듯이 누워서 저승길을 갔다.

예불을 마치고 광명진언 다라니 주력을 하면서 금강경탑 다라니로 먼저 싸고 향을 그 속에 골고루 넣은 후 광목천으로 싸고 묶어서 염을 했다.

수일 전까지도 활발하던 네가 어느 순간 단풍 진 마른 나뭇잎처럼 생기를 잃고 기력이 쇠잔해지더니 몸짓 하나도 힘겨워 헐떡거리는 모습을 보이다가 숨결을 놓으니 삶의 무상함을 새삼 다시 보게 된다.

"옴 아모카 바이로차나 마하 무드라 마니 파드마 즈바라 프라바를타야 훔"

광명진언을 외며 염을 한 웅이를 차에 싣고 큰 주차장 가기 전 길가 아늑하고 전망이 확 트인 곳 벚나무 옆에 묻었다.

웅아!

그곳에서 절에 오가는 사람들 잘 살펴보고 외로워하지 마라.

너를 보내고 돌아서 오는 마음이 빈 하늘처럼 공허하다.

사람이 나고 죽는 것과 축생이 나고 죽는 것이 다르지 않으니

네가 우리에게 준 사랑과 너에 대한 사랑이 깊었던 만큼

너를 보내는 마음도 겨울 산야처럼 쓸쓸하구나.

내생에도 좋은 인연으로 만나 서로를 탁마하는 좋은 도반이 되자.

옴 마니 반메 훔

옴 마니 반메 훔

옴 마니 반메 훔

고결한 삶

골짜기를 찢고 울부짖는 바람소리가

간밤, 날이 새도록 거칠게 몰아쳤다

너는 그렇듯 울부짖는 바람에 맞서다

49년의 아직은 젊은 나이에 절명했다

부처님 도량을 조금이라도 더 맑게 하려다

벌목꾼의 생을 마친 너는

너를 안타까워하는 사람들보다

더 큰 원력으로 너의 삶을 승화했다

어찌할 수 없는 너의 삶에

아무리 애도하고 슬퍼해도

네 죽음의 깊이만큼 다가갈 수 없어

살아 있는 것이 더 큰 죄인 양 안타깝다

벌목공 김동수! 네가 남긴 삶의 흔적은

산청 8경을 조망하는데 확 트인 시야

오늘은 확 트인 시야가 그 어느 때보다 아프다

망인을 보내는 '극락왕생 하소서' 하는 염원만으로는

너를 보내는 마음이 아리다

2021년 12월 17일

가변차선

서울 대전 간 고속도로에는 가변차선이 있다
평소에는 통행할 수 없는 길이
어떤 상황에서는 허용되는,

당신의 삶 속에는 어떤 가변차선이 있습니까?
가지 말아야 하는 길이
상황 변화에 따라 한시적으로 허용되는 길
우리는 얼마나 많은 가변차선을 가지고 살까
그 가변차선이 작용하는 범위가 많고 클수록
서로를 이해하는 폭이 커질 수도
서로에 대한 불신이 커질 수도 있는 선
내 가변차선은 누구에 의해 설정되어야 하며
그 정당성은 어디까지 허용되어야 할까

허용하는 사람과 집행하는 사람 사이에
마음의 간격으로 그어지는 선

제2부

베어마운틴에서

불타는 쌍둥이 빌딩에서 피어오르는
두 줄기 연기

2001년 9월 11일 맨하탄은
슬픔도 분노도 붉게 물든 노을빛
천수 천안 관세음보살님이시여
붉은 노을빛 연기 속으로
소멸해가는 생명들을

당신의 눈으로 살피소서
당신의 귀로 들으소서
당신의 품으로 안으소서.

붉은 노을빛으로 감싸주시는 이여
당신의 빛 속에서 하나 되게 하소서
모든 고통 여읜 해탈의 빛으로
나투게 하여지이다

불타의 달빛 유희

빼빼 마른 전정각산을 내려온 달빛
소똥보다 천하디천한
불가촉천민들이 사는 마을을 지나
금모래톱 일렁이는 니련선하 강가에서
고행의 옷을 벗고 몍을 감는다

싸릿대처럼 앙상히 마른
고타마 싯다르타
한 줄기 바람 쪽빛 깃을 세우는
움튼 밀밭 사이를 지나
행복한 여인 수자타를 만났다
수자타여
그대 행복한 여인아
이슬처럼 맑은 눈빛
어진 마음의 유미죽* 공양
삼계에서 가장 평화로운 이의
고행을 쉬게 하고
세상의 아침을 눈뜨게 하는구나

* 유미죽 : 500마리의 소의 젖을 짜서 250마리의 소에게 먹이고, 그 250마리의 소의 젖을 다시 짜서 100마리의 소에게 먹이고, 그 100마리 소의 젖을 짜서 50마리에게 먹이고, 다시 그 50마리의 소젖을 짜서 20마리에게 먹이고, 그 20마리 소의 젖을 짜서 10마리의 소에게 먹이고, 10마리의 소의 젖을 짜서 5마리의 소에게 먹이고 그 5마리 소의 젖을 짜서 1마리에게 먹인 후 그 마지막 1마리 소의 젖을 짜서 그 우유로 끓인 죽을 수자타는 고타마 싯다르타께 공양을 드렸다.(『수행본기경』 출가품)

대·방·광·불·화·엄·세·계

이 세상 모든 것은 아름답지 않은 꽃이 없고
귀하지 않은 삶이 없다.

선재동자가 문수보살을 찾아와 가르침을 구하니
문수는 "이 산에서 약 아닌 풀을 찾아오너라" 했다.
선재는 온 산을 헤매며 약 아닌 풀을 찾아다녔다.
하루, 이틀, 사흘……
선재의 발길 닿지 않은 곳이 없었으나
약이 아닌 풀을 찾을 수 없었다.
"이 산중에는 약이 아닌 풀이 없습니다."
문수보살은 다시 선재에게 말했다.
"그래, 그럼 약이 되는 풀을 찾아오너라."
말이 떨어지기가 바쁘게 선재는 발밑에 있는 잡초를 뽑아
"여기 있습니다." 하며 바쳤다.
세상에 있는 모든 것은 부처님 꽃이다.

삼신불, 보살, 성문, 39위 신중,
비구, 비구니, 선인, 악인, 사창가 여인, 이교도

선재가 찾은 53 선지식
이 세상의 모든 존재하는 이는
선지식 아닌 사람이 없고,
중요하지 않은 존재도 없으며,
필요 없는 존재도 없다.

봄, 여름, 가을, 겨울
이 안의 모든 삶이
대 · 방 · 광 · 불 · 화 · 엄 · 세 · 계

책을 바꾸다

능엄경은 부처님께서 기원정사에 계실 때 이야기

어느 날 파사익 왕의 공양청에 대중과 함께 간다
아난은 홀로 탁발을 하며 유흥가를 지나다 마등가와 마
주친다
훈풍처럼 끈적한 마등가의 유혹 속으로 빠져드는 아난
계를 파하기 직전 부처님께서 문수보살을 보내
아난을 미망에서 구하신다

능엄경은 마음의 주처와 작용에 대한 설명을
붓다께서 아난에게 설하는 내용이 주가 된다
어느 날 한지수 불자가 찾아와서 능엄경 요지에 대하여
물었다
능엄경의 요지인 칠처징심에 대한 설명을 해주는 도중에
내 책의 표지를 유심히 보더니
스님 책 표지는 금장인데
자기 책 표지는 검은색이라
책 표지가 마음에 안 들어서 이해도가 떨어진다며

내 책과 바꾸고 싶어 했다

마음이 어느 곳에 있는가를 묻고 답하는

칠처징심을 공부하다 책을 바꾸어 주었다

밍사여운(鳴沙餘韻)

밍사산* 모래 물결 사각거리는 여운이
달빛에 씻긴 선녀가 되어
월아천*에서 물수제비뜨고
밤새 잠 못 이루어 뒤척이는 객은
바람결처럼 밀려왔다가 가물가물 멀어져가는
낙타에 실려 물결이 되어 먼먼 사막 길을 간다

밍사산에 먼동이 트면
천 부처님이 계시는 천불동 막고굴 동굴마다

"옴 아모카 바이로차나 마하무드라 마니 파드마 즈바라
프라바를타야 훔"*

부처님 법음이 모래알을 굴려
금빛 물결 여운 빛으로 밝아와
시공을 넘어 삼천세계로 여울진다.

* 밍사산 : 중국 신장위구르 둔황의 사막 가운데 있는 산으로 천불동
  막고굴이 있는 산.
* 월아천 : 초승달 모양의 오아시스 연못.
* 옴 아모카 … 프라바를타야 훔 : 광명진언.

소말뚝 부처님, 어부 부처님

문경 김용사 아래 마당 연못 어귀에 서 있는 미륵부처님
예전에는 뒷산 오르내리던 골짜기 길섶에 서 있었다.
절 아랫마을 동네 꼬마 아이들 소 먹이러 왔다가
동무들과 꼴망태기 따먹기 놀이에 정신 줄 놓을 때
소고삐 붙들어 주던 소말뚝 부처님은
아이들과 함께 놀며 마냥 즐거웠다.
아이들 깔깔거리던 웃음소리 골짜기에 맑게 울려 퍼지고
산새들 포르릉 날아오를 때면
미륵부처님 미소는 저녁노을 빛을 닮아갔다.
부처님은 심심할 날 없이 아이들 동무로 지냈다.

언제인가 젊은 스님들이 모여 청소년 수련원을 한다며
전국 방방곡곡의 초, 중, 고, 대생들을 모아 절 주변의 밭마
다 일구어 농사도 함께하고, 비가 새는 낡은 요사채를 수리
해서 고치고, 솔잎혹파리 피해로 빨갛게 말라 죽어가는 소
나무를 벌채하여 장작으로 패서 60평 큰방과 크고 작은 방
마다 불을 지펴놓으면 청소년들이 뜨뜻한 방바닥에서 뒹
굴고 웃고 떠들다가 참선 정진 시간에는 다리에 쥐가 나도

“이 뭐고”를 참구하느라 용틀임했고, 발우공양 마치고 그릇
씻는 물을 마실 때면 모두 한결같이 두 눈을 질끈 감았다.

이 무렵 소말뚝 부처님은 소달구지 타고
마당 어귀 연못가로 내려와 자리를 잡고
물속을 헤엄치는 물고기를 헤아리는
어부 부처님 되어 미소도 더욱 해맑아졌다.
운달산 자락에 휘감겨오는 저녁노을 빛
해인삼매에 어리는 부처님 미소 되어
범종 소리로 하늘을 연다.

뉴욕 도솔암 단상

미국 뉴욕에 있는 도솔암은
아름드리 단풍나무 숲속에 있다
도량에는 사슴과 금빛 여우와
뉴트리아가 자유로이 노닐며 풀을 뜯고
가끔은 서로를 의식한 듯
몇 걸음씩 거리를 유지하며 힐끔거리기도 한다

그곳에는 사슴과 금빛 여우와 뉴트리아보다
자유로운 영혼을 가진 함현 스님이 있고
법당에는 시공을 훌쩍 넘어
머언, 먼 간다라에서 오신 부처님도 계신다

산사의 아침

얇은 천으로 휘장을 두른 듯한 옅은 안개 사이로
실루엣처럼 떠오르며 굽이치는 산자락
굽이굽이 흐르며 반짝이는 윤슬의 물결이 된다
새들의 지저귀는 소리 뱃노래가 되어 파도를 타고
햇살에 일렁이는 나뭇잎들이 빛의 관현악을 합주한다
이 숭고한 날의 아침에
님은 자비광명으로 나투시니
자유롭고 평화로운 마음 도량 가득 청량하다

회상

정월 초삼일 날망에 나아가 산 아래를 내려다본다
정초 산림 기도를 하기 위해 신도들이 공양물을 이고 지고
기러기처럼 줄지어 깔끄막진 길을 숨 가쁘게 오른다
젊은 스님들이 지게를 걸머지고
바람처럼 비탈길을 뛰어 내려간다
섬안댁 외고댁 봉계댁 수청댁 모례댁은
공양미 자루를 머리에 이고
수월댁 안봉댁 갈전댁 중촌댁은
봇짐으로 등에 걸쳐 멨다.
이마와 콧잔등에 송골송골 맺힌 땀방울
가쁜 숨 몰아쉬며 날망 위에 서니 절 마당이다
법당을 향해 합장하고 연신 반배의 예를 드린다
얼굴을 타고 흐르는 땀방울 수건으로 훔치며 법당에 들
어가
다소곳이 각단에 삼배의 예를 올리며 웅얼웅얼 소원을
빌면

함박미소로 신도들 흠뻑 품어 안는 정취관음보살님

안봉에 사는 대주 권아무개 우야튼지 건강하여 어린 자식들과 가솔들 무탈하게 잘 보살필 수 있도록 부처님께서 억시로 가피 내리소서.

벽계에 사는 공아무개 아들 공 뭐시기가 불보살님의 가피력으로 공무원으로 출사하는 행정고시를 합격했습니다 우쨌거나 살피시어 앞날에 광영이 가득하고 부처님의 음덕에 보답하는 불자가 되어 큰 불사 이루게 하여주시옵소서

저마다의 소원과 감사의 기도가 법당 가득 환희 되어 넘쳤다

설이 지나고 입춘이 되면 겨우내 얼었던 새싹들이 눈을 뜬다

산동백이 노오란 꽃술에 제일 먼저 봄을 품는다
진달래도 개나리도 시샘하듯 꽃망울을 터트린다
봄이다 산새들의 지저귀는 소리가 명랑하다
정취암에 묻었던 불혹의 세월이 산안개 되어
산골짜기를 타고 골골이 스며든다

봄의 향연

비 온 후 연초록 향연으로 봄의 향기가 싱그럽다
온 산과 들이 생명의 환희에 차 환호성을 지르고
꽃들도 예서제서 앞다투어 피어나
노란 빨간 파란 하얀 색색으로 어우러져 벌 나비와 함께
춤춘다
새들의 지저귀는 소리 명랑하다

천천만만의 생명들이 제각각의 자태와 고귀함으로
귀하고 천함이 없이 본래 평등한(평등성지 : 平等性智)
저마다의 존귀한 모습(유아독존상 : 唯我獨尊像)을 나투어 보
인다
거룩한 생명의 찬가로
온 세상 비추는 물그림자(해인삼매경 : 海印三昧境) 그린다

충만한 환희!

그릇 · 1

산은 산이요 물은 물이라 말하는 사람이 있다
물이 산이고 산이 물이라 말하는 사람이 있다
산과 물의 경계를 담는 그릇

꽃과 꿀을 찾는 벌 나비가
꽃을 꽃이라 하고
꿀을 꿀이라 하면
벌 성자 나비 성자일까?

뽕밭에 바닷물이 밀려오면
산을 보고 절하는 사람
물을 보고 절하는 사람
극락도 지옥도 없는 평등성지(平等聖地) 세상

산을 담은 그릇에는 물이 넘치고
물을 담은 그릇에는 산이 넘친다

그릇 · 2

인간은 스스로 조형해 가는 그릇이다
자신의 품성과 지혜와 덕과 복으로 빚은 그릇은
빛나는 유산이 되기도 하지만
암 덩이보다 더 추악한 패악의 표본이 되기도 한다
인간은 자신이 빚은 그릇에 담겨 세상을 비추는 거울이다

쓰다가 버려지는 그릇
금이 가고 깨진 그릇
미처 쓰이기도 전에 부서지는 그릇
머무를 듯 머무를 듯 기억 속에서 잊혀가는 그릇
잊혀가는 그것이 아쉽고 안타까운 그릇
잊혀서는 안 되는 빛나는 그릇

인간이 빚은 인간의 그릇은 인간만이 쓰는 그릇이 아니고
세상의 모든 것들이 함께 공유하고 함께 느끼고
함께 공존하는 생명의 빛이다

앎을 추구하는 인간

인간은 DNA의 존재를 알아버린 유일한 존재다
그러므로 DNA의 영속적인 복제에 항거할 수 있다
안개 가득한 몽환의 아침
안개 사이로 실루엣처럼 떠오르는 산 그림자
엷은 먹빛의 수채화로 번져간다
지난 삶의 자취에 집착하지 않고
즐거움도 괴로움도 다 내려놓고 현재에 충실하면
담묵의 실루엣 속에서도 여여한 실체가 보인다.

모든 생명은 하나에서 비롯되어 더불어 존재하며 영속적
이다.
DNA나 RNA에 의한 자기복제의 영속성의 한 현상이고
생명의 존재는 우연과 인과에 의한 자기변혁의 한 현상
이다.
삶은 경쟁과 협력으로 공생하는 길이다

가을 숲길에서 게리 카를 듣다

가을 숲길을 가다
벌거벗은 디오게네스를 본다
바람에 일렁이는 하늘 틈 사이로
사금파리처럼 흩어져 반짝이는 빛 조각들이
낙엽 위로 쌓여간다

가을 숲길을 가다
사그락거리는 발자국 소리에
화들짝 놀라 솟구치는 장끼를 본다
그러나,
그리 멀리 날지는 못하는구나
빛의 역사를 따라잡지는 못하는구나

파르테논 신전에서 만난 아테나의 여인에게
무성한 턱수염이 여름 숲속 같고
형형한 눈동자 욕망의 속내를
천막처럼 감춘 사내의 안부를 물어본다
그러다가,

듬성듬성 서 있는 신전의 기둥 사이에서
긴 그림자로 누워 있는 디오게네스를 본다

온몸으로 햇빛을 탐하며 게리 카를 듣고 있다

* 게리 카(Gary Karr) : 콘트라베이스 연주자. 1941년 미국에서 태어
  남. 줄리어드 음악학교 졸업, 국제베이시스트협회 설립, 뉴욕 필하
  모닉 영피플 콘서트 참여.

제3부

일연의 꿈

외세에 수없이 짓밟히고 찢긴 산하
일연(一然)은 노을 지는 산마루에 서서
70여 년의 수행력으로 가슴을 쓸어내린다
먹먹한 가슴에 맺힌 멍울을 풀어
지필묵 펼쳐놓고 잊히고 굴절된 삼국의 역사를
복원하며 다시 써간다.

"위서(魏西)에 이르기를 지금부터 2천여 년 전에 단군왕검(檀君王儉)이 계셨다. 아사달에 도읍을 정하고 새로 나라를 세웠는데 국호(國號)를 조선(朝鮮)이라 하였다."

역사를 바로 세워야 나라가 살고 나라가 바로 서야 백성이 있다.
백성이 평안해야 미래가 있고 미래를 바로 세우려면 역사를 바로 알아야 한다.
일연은 잃어버린 역사를 바로 세우려는 씨앗을 심었다.

까마귀 밥을 주다

경자년 12월 아침 햇살이
차갑게 식은 대지를 다독인다.
후원채 지붕에 한 무리 까마귀 떼가 웅성이며
배고픈 허공을 까악 까악 쪼은다.
저들의 허기를 달래주기 위해
헌식대에 곡식과 떡 조각과 빵 조각과 과일 껍질을 올려
놓으면
순식간에
까마귀 까치 참새 박새 맵새 다람쥐 청설모
도량에 함께 사는 무리가 다 몰려든다.
까마귀와 까치가 번갈아 날개 치며 날아와
떡과 빵 조각을 물고 나뭇가지로 날아오른다.

헌식대에 올리는 것은, 뭇 생명들이 받는 공양물

까마귀는 부모를 봉양하고
무리들과 함께 나눌 줄 아는 영물이다.
사람 중에 까마귀보다 못한 흉물들이 많다.

까마귀에 대하여 잘못 아는 사람들이
까마귀를 흉물스러운 새로 왜곡하고 미워한다.

또르르 또르르
딱따구리가 쪼는 경쾌한 목탁 소리가
도량 가득 메아리치고
헌식대에 까마귀밥을 올려놓으며
새해에는 코로나-19로 피폐해진 일상이
자유롭고 평화롭기를 기원한다

길 없는 길

아포리아
세월호 참사, 이태원 참사
12.3 비상계엄령

우리는 무엇을 보고 무엇을 듣는가
위기 다음의 절망과 충격
좌초하는 배에서 노를 내려놓고
하늘을 본다.
움직이지 않는 북극성만이
좌표가 된다

우리의 삶과 살아온 역사를 되돌아볼 수 없는 것은
통로가 없는 길에 갇힌 새
어제와 오늘의 나를 비추어 보고
내일을 반추해볼 수 있는 거울이 없는 집
캐묻지 않는 삶은 살 가치가 없다
무지(無知)의 지(知)만이 아포리아를 극복할 수 있는 길

새는 날아야 한다.
창공의 푸른 하늘로 훨훨 날아야 한다
툭 트인 세상으로 자유롭게 날아야 한다

마스크

코로나-19는 광풍이 되어 일순간에 일상의 질서를 바
꾸었다
처음 코로나-19가 유행되던 때는 확진되는 것이 죄악시
됐다
몸속을 헤집고 다니는 바이러스보다
비수처럼 파고드는 주변의 눈빛이 더 무서웠다
입에서 입으로 옮아가는 카더라 하는 말이 더 무서웠다
모진 목숨을 견디기 위하여 눈과 입을 피해 다녀야 했다
살고 있는 현장이 외딴섬이다

세계보건기구와 중앙재난본부에서는
코로나-19 확진자 수와 사망자 수를 날마다 브리핑한다
마스크도 생년에 맞추어 한 장씩만 사야 했다
모든 일상 속에 마스크가 최우선이 되었다
차를 타려 해도 마스크
마트에 들어가려 해도 마스크
식당과 찻집도 마스크를 쓰지 않으면 출입이 통제되었다

걸음마를 시작하는 어린아이에서부터 100세 노인까지
오늘을 살아가는 현대인에게
마스크는 모든 일상 속에 시작점이 되고 또 끝이 되었다
불안한 눈초리를 마스크로 감내해야 한다

마스크를 벗는 것이 모든 사람들의 소망이 되었다

인과응보

망망대해 한가운데 떠 있는 섬에서

폐쇄공포증 같은 불안감을 갖는 일그러진 일상

코로나-19는 우리의 삶을

한순간에 송두리째 집어삼켰다

지독한 공포는 집단 속에서

혼자라는 외로움을 느끼는 것

나를 잠식해오는 불안과 소외감은

누군가와 함께했다는 것

철저히 혼자여야만이

대중 속에서 존재할 수 있는 아이러니

억측과 같은 무기력한 현실에

순응해야만 살아남을 수 있다

변이 바이러스가 이름을 바꾸어 드러날 때마다

이미 있는 백신마저 허상이 될까 봐

지독한 고독과 맞부딪치며 견디어야 한다

인간도 자연 속의 한 개체임을 간과하고

오만방자한 과신으로 저지른 행위들이 모여

일상을 옭아매는 밧줄이 되어 돌아왔다

오늘은 어제의 인과응보다

판문점 도보 나무다리 위에서

2018년 4월 27일 판문점 도보 나무다리 위
녹슨 군사분계선 표지판을 어루만져 보고
남북의 두 정상 문재인, 김정은은
작은 테이블에 마주 앉았다.
마른 갈대의 서걱거리는 속삭임보다 은밀하게
70년 빗장을 여는 눈빛 대화를 나눈다.
나뭇잎과 새소리와 지켜보는 수많은 눈빛이
바람결에 고요히 흔들리고
우리 모두 들리지 않는
그들의 속삭임에 촉각을 세운다.

70년간 지극히 아껴온 말들이
바람소리 되고
새소리 되고
나뭇잎 흔들림이 된다.

노벨평화상은 트럼프가 받으면 되고
우리는 평화만 있으면 된다는 문재인 대통령

남북 화해의 시작은
마음에 빗장을 여는 이곳에서부터다.
6·25동란보다 처참한 핵전쟁을 불사하겠다는
어린아이 치기 같던 트럼프와 김정은의 말싸움
금방이라도 한반도가 불바다 속에서 타오를 듯하지만
천지가 나누어지기 전에 있었던 통일 나무에
봄바람이 스쳐 새순이 움튼다.
스치는 바람결에 묻어 오는 새소리
연초록 풀잎에서 하늘빛 소식 기다린다

새 달력으로 바꾸어 달다
— 독재자의 딸을 우려하며

골골이 이랑을 지은 눈 쌓인 지붕 밭
흰 쌀밥 고봉으로 담아 소복이 솟아오른 장독대
사립을 지키는 누렁이
지난 시간의 흔적들이 거울에 비친 듯 아련하다
새 삶으로의 전환점이 되기를 기원하며
바꾸어 단 새 달력

새 달력을 받아 들고 가장 먼저 살피는 것은
어미 아비 제삿날도 아니고
결혼기념일도 아니고 가족의 생일날도 아닌
공휴일과 연휴 날짜 계산이
오늘을 살아가는 세상 풍경이다

1990년
우리의 기억 속에서 가장 소중히 기억해야 할 날을 지웠다.
한글날 공휴일 폐지
그러다가, 그러다가 서럽게 다시 제정된 한글날 공휴일이
새 달력에는 '빨간 날'로 표시되지 못했다

　공휴일 제정 이전에 지난 세월을 빨리 지우고 싶은 이들
의 성화로
이미 인쇄되고 말았다.

2012년 12월 19일의 절묘한 조화
아버지는 총으로 5.16을
그의 딸은 민심으로 51.6을 이룬 날
우리가 넘긴 달력 속의 나날들이
기쁨도 슬픔도 아련한 추억으로 기억되듯
지금 우리의 모습이
희망이 있는 풍경이기를 바라면서
새 달력으로 바꾸어 단다.

2012년 12월 19일 대통령 선거일에

매향비 전설

끼룩끼룩 갈매기 울음이
먼~ 먼~, 왕욱의 애잔한 이야기를
오늘에 전하는 노랫가락이 되고
향목(香木) 둥치 개펄에 묻어놓고
매향비 세운 사람들은
천년 세월,
그 개펄 밭이 상전벽해 수도 없이 겪은 후
도심 속에 갇힐 것은 차마 몰랐겠지

도심 지하 어디쯤에 갇힌 침향목이
천년 세월을 다시 품으면
침향목은 다시 바다에서 솟아오르고
매향비는 비토섬 아래
바닷속 용궁 가는 이정표 되겠네

토끼 간을 필요로 했던 용왕님 병은
침향목으로 조제한 공진단으로 치료되어
천년에 천년을 더 살고

사주가 된 사천은
옛이야기 속 전설이 되겠지

종의 향연

어미 호리병벌은 3센티미터채 안 되는 몸으로
20개의 알을 20개의 산실에 각각 1알씩 낳는다

어미 호리병벌이 1개의 알을 낳을 산실을 만들기 위해
서는
진흙 덩이를 버무려 둥글게 만든 후
수 킬로미터의 거리를 운반해 와서
숙련된 도공처럼 얇게 펴고 둥글게 하여
호리병과 같은 모양을 만든다

20번의 진흙 덩이의 운반과 쌓기를 반복한 후
호리병 모양이 완성되면 그 속에 1개의 알을 낳는다
알을 낳은 후 그 알이 부화되면 먹을 먹이로 애벌레 20개
를 잡아
마취시켜 그 속에 넣어두고 입구를 마지막 진흙 덩이로
밀봉한다
하나 또 하나, 20개의 산실을 같은 방법으로 만들고 난 후

어미는 새끼의 부화를 보지 못하고 생을 마친다.

종의 번식을 위한 향연,

세상의 모든 어미는 자식을 위하여
죽음까지도 받아들이며 헌신과 희생으로 키운다

푸른 점의 신화

우리의 고향은 아주 작은 창백한 푸른 점
삼천대천세계에 한량없이 펼쳐진 티끌 속에서
털끝으로도 느끼기 어려운 가녀린 숨결
푸른 눈빛에 겨우 담고 있는 아득한 꿈

1990년 2월 14일 보이저 1호는
칼 세이건의 지혜와 용기로
태양 공전면에서 32도 위를 지날 때
마침내 태양계를 벗어나려는 순간
지구방향으로 몸체를 돌려
61억 킬로미터 거리에서 지구를 촬영
0.12화소의 창백한 푸른 점을 보았다
작은, 아주 작은 티끌 속에 담긴 우주
그 우주에는 크고 작은 이야기와 꿈이
중중무진으로 떠 있고
문명을 일으키고 파괴한
역사와 종교와 예술과 이데올로기가
영웅과 비겁자와 성자와 죄인이

만행과 사랑이 오만과 자비가

푸른 눈빛 속에 비친 아득한 꿈

암흑물질은 헤아릴 수 없이 많은 이야기로

날마다, 날마다 새로운 신화를 만들고 있다

* 한 티끌 속에 우주가 있고
   모든 티끌마다에 우주가 있다
   일미진중함시방 일체진중역여시
   一微塵中含十方 一切塵中亦如是
   『화엄경』 법성게에 나오는 경구.

파도의 노래
 — 독도

갈매기 날갯짓이 파도의 노래가 된다
바람에 실려 온 노래가
강치들의 터전인 섬이 되고
파도의 노래는 자유로웠다

잔악한 인간의 손길
훈도시 차고 머리 질끈 동여맨
왜의 갯것들이
폭풍처럼 몰려와 강치의 정수리에
일본도를 무참히 꼽았다.
잔혹한 피의 살상
그 상흔을 품은 파도의 노래가
섬지기 되어 아픈 흔적을 애써 지우고
자유와 평화를 갈망하는 외침이
이 작은 섬의 풀뿌리가 되어 갈매기를 부른다.

바람에 실려 오는 파고를 다독이며
전설이 된 강치를 오늘도 기다리는 섬

줄탁동시(啐啄同時)

어미가 품은 세상이 눈을 뜨는 시간
아기는 어미의 심장박동 소리를 헤아린다.
탁·탁·탁·
자궁 문 열리는 소리
하늘 껍질이 깨지고 처음 본 것은 눈동자
점점 커져가는 동공 속으로 하늘과 땅이 들어온다.
하늘에 떠 있는 해와 달과 별과 구름과 바람
땅 위에 떠 있는 산과 바다와 숲과 나무와 사람
거울에 비친 세상의 모습은 뒤집혀 있다.
아기가 어미의 포근한 가슴에 안긴다.
어미는 아기의 심장박동 소리 들으며 꿈을 꾼다.

탁·탁·탁·
하늘 문 열리는 소리 듣는다.

정취암 팽나무

팽나무가 마지막 잎을 틔우려고 무진 애를 쓰다 기력이
다해 시들고 말았다.

수령이 5백 년은 족히 되었을 고목이 수년 전부터 온몸에
푸른 이끼를 두르더니 이끼 사이에 일엽초를 숭숭 키웠다

1998년까지는 오르막 산길 마지막 끝단의 낭떠러지 암벽
에 뿌리를 박고 살았으나 절벽 사이 골짜기를 메워 축대를
쌓아 올린 후 흙을 돋워 마당을 만들고 나니 원통보전 마당
앞 담장 끝자락에 서게 되었는데 몸집이 커서 큰 코끼리가
원통보전을 수호하는 듯했다.

나무도 수명이 다해 가면 스스로 알아 몸을 다른 생명들
에게 내어주는가 보다

푸른 이끼가 점차 온몸을 덮고 가지 끝에는 목이버섯을
키우기도 하고

점점 잎이 생기를 잃어가면서 싹을 늦게 틔우거나 일찍
단풍 지더니

지난해부터는 겨우겨우 싹을 틔우며 많이 힘들어했다

나무 박사를 불러와 수차례 살려보려고도 했지만 올봄에

는 더 이상 잎 틔우지 않았다

  죽은 자태도 위엄이 있다

  이제 점차 작은 가지부터 부러지고 떨어지겠지만 코끼리처럼 의젓하던 위용은 살아 있는 듯 자리를 지키고 있다
  위험하지 않을 정도로만 가지를 다듬어 주고 몸체는 그대로 두어 정취암의 지난 역사를 반추하는 기억의 거울로 세월 속에 간직하려 했으나 역사는 옛 그대로 남지 않고 세월의 흐름 속에서 잊혀가는 것, 한세월을 같이한 기억으로 남아 또 다른 미래에 자리를 내어주는 것.

  그렇게 기억되고 그렇게 잊혀가는 속에서도 지난 흔적을 되새김질하는 것이 오늘을 반추하는 거울로 삶을 여유롭게 하는 추억이 된다.

2024년 9월 20일

셈 치기 놀이

프리마돈나 조수미는
어릴 적 셈 치기 놀이를 즐겼다
무엇~, 무엇 했던 셈 치는 놀이

이태리에 유학 온 천재는
데뷔 무대인 리골레토의 질다 역을 연주하면서
어머니가 공연장 제일 앞 자석에서 경청하는 셈 치고
카덴차를 열연하며 불렀다
세월을 이기지 못해 치매를 앓는
어머니께 바치는 노래가
어머니를 위한 프리마돈나의 사랑이
세상의 모든 어머니를 따뜻하게 품어

세상과 더불어 사랑을 나누었다

제4부

직지사에서 보는 것

아련한 안개 속으로
나리꽃 송이들이 수채화처럼 떠다니고
날개깃에 호사한 마음 품은 호랑나비
몽환의 꿈속으로 날아 꽃술을 탐하다가
문득, 거울 속 자신을 본다

황악산에 눈이 내리면
잎 진 나뭇가지 사이로
천불전 불상의 천 가지 마음이
바람개비 되어 편편이 날아오르는 것을 본다

직지심인(直指心印)
너는 누구냐고 묻는
그 누가,
그 누구를 보는 것

서울역에서

서울역은 어딘가로 떠나는 사람들과
어딘가에서 들어오는 사람들로 항상 북적인다.
어느 늦여름 기운 오후
코로나-19 방역 지침에 따라
대합실 긴 의자에 한 칸씩 비우고 앉아 있는 사람들
나도 의자에 앉아 마산행 열차를 기다린다

휴지처럼 구겨진 여인이
덤불처럼 엉킨 긴 머리카락으로 얼굴을 가린 채
긴 의자를 혼자 차지하고 엎드려 있다.
그녀의 의자 주위에는 피곤의 검불 더미가 쌓여 있고
가끔씩 바람이 스쳐 지나는 것처럼
구겨진 휴지 뭉치가 들썩이면
검불 덩이도 함께 너풀거린다.

그는 어디에서 와서 어디로 가는 걸까?
군중 속에 묻혀 있어도 그가 누구인지,
무엇인지 아무도 관심이 없는데

구겨진 휴지 뭉치를 가끔씩 각성시키는 바람은
또 어디서 와서 어디로 가는 걸까?

그리고 나는 무엇이며
또 저들은 무엇인가?

건망증

아득한 절벽처럼 잡힐 듯 잡히지 않는 기억
어느 날 문득 찾아온 손님이
자리 틀고 앉아 안개를 피운다
늘 잘 알고 있던 것을
누구였더라……
무엇이었더라……
자꾸만 고개를 갸웃거린다
휴대폰 꺼내 들고 메모장 검색을 하기도 하고
전화 명부를 검색하기도 한다
내가 지금 건너고 있는 강은
아득하고 가물가물하다

납월 파일 소식

― 길 위에 길을 내다

89

30년 전 길 떠난 어머님이
30년 후 기일에 납월 팔일의 소식을 묻는다.

어제 저녁 밤새 꽁꽁 얼어붙은 한강 물이
쩡! 쩡!
할(喝)을 토(吐)하더니
오늘 새벽 스님의 독경 소리
싸락눈이 되어 길을 덮는다.

생야(生也)!
사야(死也)!
부족함도 넘침도 없이 범범함이여

유마의 방 · 3
— 두 사선의 평형

문수보살이 유마거사의 병문안을 갔다
텅 빈 방을 보고 문수가 물었다
방이 왜 오늘은 텅 비어 있습니까?
유마가 답했다
이 방은 한 사람이 와도 만 사람이 와도
부족하거나 넘치지 않는다
평정심을 잃지 않는 것도 이와 같아서
한 사람을 대하든
만 사람을 대하든
한결같아야 되느니라

바람에 일렁이던 파도는
바람이 숨을 멈추자 잔잔해지고
거울처럼 고요해진 바다 위에
하늘과 구름과 산 그림자가
도장이 찍힌 듯 담긴다

어제 온 사람도

오늘 온 사람도
내일 올 사람도
물그림자에 담긴 고요한 향연
세월의 흔적은 기억으로만 남아
허공을 가르며 날아간 새의 자취처럼
어디에도 없다

유마의 방 · 4
— 시간여행

어느 날 몸이 아파 병원을 찾는다.

종합병원은 종합터미널이다.

여기 모인 사람들은 시간여행을 가기 위해

크고 작은 가방 하나씩 들고 대기표를 끊고 기다린다.

내과 · 외과 · 산부인과 · 신경과 · 정신과 · 소아과 · 이비후과 · 안과 · 비뇨기과 · 치과 · 피부과… 등은 광역 시도의 이름이고

일반내과 · 소화기내과 · 내분비내과 · 호흡기내과 · 감염내과 · 류마티스내과 · 신장내과 · 순환기내과 · 호흡기알레르기내과 · 흉부외과 · 신경외과 · 정형외과 · 척추통증센터 · 임상병리과 · 해부병리과 · 건강관리과 · 한방진료과 · 성형외과 · 마취과 · 진단방사선과 · 가정의학과… 등은 중소도시이다.

광역시도인 치과도 적지 않은 중소도시를 거느리고 있다. 구강악안면외과 · 치과보철과 · 치과교정과 · 소아치과 · 구강내과 · 구강악안면방사선과 · 구강병리과 · 예방치과…

혈액검사 소변검사 혈압검사 X레이촬영 CT촬영 MRI촬영 위내시경 장내시경 뇌파검사 근전도검사 뇌혈류검사 심

전도검사 폐기능검사 알레르기검사 초음파검사 골밀도검
사… 등등 검진을 받고 여행 준비를 한다.
　시간여행의 준비를 마친 승객은 창구에 가서 진료여행비
를 입금을 하고 각각의 창구에서 여행 가이드인 전문의를
기다린다.

　날마다 새롭게 도착하고 날마다 떠나가는 이들이 북적이
는 터미널에서 타고 갈 비행기나 기차나 버스나 택시를 기
다리고 그 여행의 종착점으로 안내할 장례지도사의 안내를
받으며 여행을 떠난다.
　어디에서 와서 또 어느 곳으로 가는지는 여행 가이드도
모른다. 어떤 이는 천국과 지옥을 말하고 어떤 이는 천국도
지옥도 없는 해탈의 세계를 말한다.

　누구에게나 주어지는 시간여행의 대열에는 어린이도 어
른도 지위고하의 계급도 빈부격차도 없는 자연 속에 주어
진 대로 평등하다
　깃발 든 환송객들의 설왕설래만이 분주할 뿐

2016년 12월 26일

평상심(平常心)

바람이 불면 부는 대로 나뭇잎이 흔들리고
추녀 끝에서 헤엄을 치는 풍경은
청량한 소리로 자취도 없는 응답을 한다
오목눈이 어미 새가
갓 날개를 편 새끼에게
먹이를 물어다 주니
어린 새끼도 날갯짓하며 어미를 따라 다닌다

파란 하늘에 펼쳐진 구름은
흐르는 시간 속에서
어느 날에는 강물이 되어 흐르다가
어느 날에는 바다가 되어 누웠고
어느 날에는 아침이슬이 되어 풀잎에 맺힌다

기특하여라 삶이여
나는 것은 날아서 기특하고
기는 것은 기어서 기특하고
걷는 것은 걸어서 기특하고

헤엄치는 것은 헤엄을 쳐서 기특하다
저 푸른 잎이 단풍 지고
가지마다 열매를 맺어
생과 사를 오가는 것이 기특하다

일상 속에서 특별함은 평상심 안에 있나니
밖으로 쫓아다니는 수고로움에 취하는 어리석음에
수를 더하지 마라

살아온 날들의 하모니

먼 산은 멀어질수록 아련히 더욱 희미해지고
가까운 산은 가까울수록 자취까지도 뚜렷해진다
살아온 삶의 흔적 같다
구릉을 따라 흐르는 골짜기가
굴곡진 나이테로 희로애락의 깊이가 되고
먼 산은 먼 대로 가까운 산은 가까운 대로
기억의 물결이 된다
거기 숨결이 있고 체온이 있고 감정이 있다
유구한 물결이 시가 되고 역사가 된다

골짜기를 타고 흐르는 바람
때로는 산들바람으로도 오고
때로는 무섭게 울부짖는 폭풍이 되기도 한다
바람의 속내를 애써 엿보려 해도
인생의 파고는 늘 높낮이가 다르다
산줄기마다 높낮이가 다르고 원근이 다르기에
더욱 아름다운 조화를 이루듯이
우리가 겪는 바람결도 각기 다른 것만큼
다채로운 표정으로 하모니를 이룬다

루바토*

쇼팽은 야상곡에서 시간을 훔친다.

빛을 훔친 낙엽
잎 진 나무 사이로 하늘을 훔쳐본다.

바람의 숨결을 훔친 조각구름
산마루에 걸린 달이 훔쳐본다.

앞서가는 시간과 뒤따르는 시간이
발-뒤축과 발-끝을 물고 물리며
서로 훔친다.

* 루바토 : 음악에서 쓰는 연주기호. ‘훔치다’, ‘도둑맞다’의 뜻.

오늘이라는 선물

죽는 날까지 마르지 않는 샘물처럼

그렇게 다가오는 당신은 누구십니까?

한순간도 쉴 수 없는 숨결같이

마음 가득해도

볼 수도 붙잡을 수도 없는 그리움

그렇게 항상 곁에 있는 당신은 무엇입니까?

날마다 먹는 밥처럼 항상 함께해도

지나치고 나면 추억처럼 느껴지는 당신

하늘 아래 가장 큰 선물

안나푸르나 여정

포카라 사랑곳에서
창문을 열고 침상에 누워 뒤척이면
아침 햇살로 황금빛 치장을 한
안나푸르나 형제 봉들이 창문 너머로 내려다본다
뾰족하게 하늘을 받치고 섰던 마차푸차레는
히말라야를 박차고 나와 페와호수로 자맥질하고
다울라기리는 먼발치에서 뒷짐 지고 헛기침하며
좀손 카리칸다키 강가를 점잖게 거닌다

무한 생명의 노래여
아침 햇살로 깨어나는
사랑과 희망으로 충만한 자여
저 하늘 높이 치솟아 용솟음치는
황금빛 외침에 함께하라

하늘 캔버스

파아란 하늘이 무채색의 하얀
어깨띠를 두르고 있다
캠페인 문구를 쓰고 있는 바람
거친 필치로 쓰는 문구
잔잔한 필치로 쓰는 문구
희로의 감성이 바람결에 실려
붓끝을 가볍게도 하고 무겁게도 한다

하늘에 쓰는 문구는

사람의 마음에 새기는 캠페인이 된다

장마

장맛비는 변덕쟁이다
때론 거칠고 세차게 내리다가
새색시 발걸음처럼 사뿐사뿐 내린다
골짜기마다 하얀 물보라가 일고
천둥번개는 긴장과 갈등을 빛과 소리로 토해낸다
번철, 물길을 열어주려는 농부의 분주한 숨찬 발걸음 뒤에
부룻대 부침개 부쳐 먹으며 듣는 빗소리는
부침개 익어가는 소리 같다

산

단풍으로 물들어가던 산
그 단풍마저 훌훌 털어버리고
적나라한 모습으로 겨울을 맞이하는 텅 빈 산
번민의 짐을 벗어버리고
담담한 마음으로 그렇게 있는 모습 그대로 당당한 산
계곡을 타고 불어오는 한파가 능선을 넘을 때
짐승의 소리로 울부짖는 설해목 찢기는 소리가
긴긴 밤을 흔들어도
그냥 그 자리에 의연한 자태로 서 있는 산
설화(雪花)로 여린 가지를 감싸던 나뭇가지에
촉아(觸芽)의 꿈이 깃들면
넉넉한 품으로 또 다른 봄을 품어 만물이 깃들게 하는 산.

항상 거기 그렇게 서 있는 산
달빛 내리는 산길
달빛 사이로 걷는 길은
아련한 전설이 골골이 쌓인다.

푸른 외침

푸른 산
푸른 들
푸른 하늘
푸른 바다
여름은 푸른 물감 통을 엎지른
온통 푸른 외침이다

섬진강

길을 가다 얼핏 돌아본 곳에
어머니의 품속 같은
아늑한 강이 흐른다.

오늘은 악양골 돌고 돌아
내일은 화개장터에서 다리쉼 해도 좋은
천년 세월을 머금은 차 꽃향기를
어머니의 젖 내음같이 품고 흐른다

남도 천리 길
지리산 자락 굽이굽이
길에서 길로 이어지는 마을마다
벗굴 맛처럼 쫄깃한
풍진 삶의 이야기를 풀어놓는다

메주

진득한 땀 내음이 구수한 이야기처럼 번져

두드리면 두드리는 대로

주무르면 주무르는 대로

아집의 고갱이를 비워낸다

본래의 모습을 해체한 다음

네모 틀이거나 둥근 틀이거나

상관없이 분별도 집착도 없이 거듭나서

볏짚 위에 몸을 누이고 뒤척일 때마다

솜사탕 품은 구수한 정취가 스며든다

부정거리로 짚불에 그을린 항아리에서

소금물에 몸을 부리고 곰삭으면

뚝배기 안에서 끓는 고향의 향기로

환갑을 지나 망구*에도

어머니의 품속 같은 넉넉함에

생각마다 감미롭고 발길마다 그리워진다.

* 망구 : 여든한 살.

종이비행기의 꿈

소멸해가는 기억의 끈을 붙잡고
시간의 그림자를
허공에 쌓았다가 지우기를 반복하는
되새김의 몸짓
바람으로 왔다 바람으로 가는
생명의 그루터기
포물선을 그리며 종이비행기처럼
날았던 기억만을 간직한 꿈
저 높게 자란 나무의 우듬지에서
내려다본 세상도 종이비행기 날다 내려앉은 땅

그 땅에 싸락눈이 내리면
젖 내음 물씬 나는 어머니의 품속이 그리워진다
마지막 끈을 붙잡고 있던 은행잎 하나
반원을 그리며 옹이 박힌 아버지 손바닥 같은
떡갈나무 위로 떨어진다

관세음보살의 노래

산다홍 붉은 선홍빛 마음
봄빛으로 꽃 피어나면
관세음보살 그리는 마음
아지랑이처럼 아른거리네
소쩍새는 밤새워 울고
관세음보살 관세음보살
밤하늘의 별이 되어
긴긴 밤 지새우네

오늘을 위한 기도

달력을 한 장씩 떼어낼 적마다
내 삶의 오늘이 12분의 1씩 잘려 나간다
어제와 내일은 무엇으로도 다가설 수 없고
삶의 최고의 순간도
최악의 순간도
오늘만이 다가설 수 있다
그래도 지난 자취를 더듬으며
내일을 꿈꾸는 것은
행복한 오늘을 위한 기도다

산 너울

너울 너울마다
저마다의 속삭임이 있다
물빛 투명한 속삭임
물안개처럼 보일 듯 보일 듯한 속삭임
산그늘 깊이 가라앉은 속삭임
햇살에 나풀거리는 속삭임
하늘인 듯 구름인 듯
산 노을 속으로 스며드는 속삭임

님의 속삭임은
천의 모습으로 산 너울이 되고
수묵으로 농담의 자취를 그리다가
하늘하늘 너울진다

평정심과 평상심, 그리고 평등심의 서정화

공광규

1.

속인인 주제에 출가자인 스님의 시집을 어떻게 읽어낼까? 오랜 시간을 고민하며 보내다가 그냥 세속의 눈으로 읽어가기로 했다. 세속에 뒹구는 속인의 눈으로 스님이 추구하는 깊고 깊은 불타의 세계, 아득한 깨우침의 세계를 읽어내기는 어려울 것이다. 그럼에도 세속의 눈 말고는 다른 방도가 없으니, 틀려도 보이는 곳까지 보는 방법밖에 없겠다는 생각이다.

현재 경남 산청 정취암 주지로 주석하고 있는 박수완 스님은 산문에 들어간 후 수행은 물론, 오랜 세월 종단 개혁과 불교문학 발전을 위해 힘써온 분이다. 지난 1990년 5월 문학에 관심 있는 스님들을 중심으로 '큰수레 글나눔' 동인 결성을 주도한 후, 1995년 현대불교문학회로 개칭하여 지난 1월 말까지 현대불교문인협회 회장직을 맡아오셨다. 그러면서 36년간 문학지 발행과 단행본 발간, 현대불교문학상 운영 등을 통해 한국의 불교문학 발전을 위해 헌신해 온 분이다.

필자는 스님의 시를 읽어가면서 의외로 소재의 다양성에 놀랐다. 스님의 시에는 단순한 경물을 묘사한 시를 비롯해, 출가자 고유의 자비로운 마음과 자비행의 경험을 쓴 시, 국내외 여행을 통해 느낀 깨달음의 내용, 음악, 그리고 중생의 생활일상 조건을 결정하는 사회정치적 사건이나 역사를 시로 쓰고 있음을 확인할 수 있었다.

2.

미출가자인 필자의 오랜 질문이 있다. 출가자의 역할은 뭘까. 왜 출가할까. 아마 추측하건대 번뇌에 얽매인 세속의 인연을 끊고, 끊임없는 명상과 경전 공부 등 수행을 통해 스스로 깨달음을 얻어 생사고해(生死苦海)에서 벗어나기 위해 출가했을 것이다. 그리고 수행을 바탕으로 세상의 고통받는 이들을 위해 기도하고, 자비심을 실천하며, 정신적 지주 역할을 하기 위해서일 것이다.

아무튼 스님은 인간을 이렇게 이해하고 있다.

인간은 스스로 조형해 가는 그릇이다
자신의 품성과 지혜와 덕과 복으로 빚은 그릇은

빛나는 유산이 되기도 하지만
암 덩이보다 더 추악한 패악의 표본이 되기도 한다
인간은 자신이 빚은 그릇에 담겨 세상을 비추는 거울이다

쓰다가 버려지는 그릇
금이 가고 깨진 그릇
미처 쓰이기도 전에 부서지는 그릇
머무를 듯 머무를 듯 기억 속에서 잊혀가는 그릇
잊혀가는 그것이 아쉽고 안타까운 그릇
잊혀서는 안 되는 빛나는 그릇

인간이 빚은 인간의 그릇은 인간만이 쓰는 그릇이 아니고
세상의 모든 것들이 함께 공유하고 함께 느끼고
함께 공존하는 생명의 빛이다

—「그릇 · 2」 전문

시로 빚은 스님의 인간론이다. 스님은 인간을 "스스로 조형해 가는 그릇"으로 보고 있다. 스스로의 품성과 지혜와 덕과 복으로 빚어간다는 것이다. 인간은 자신이 빚은 그릇에 담겨 세상을 비추는 거울이라는 스님의 지론이다. 더불어 인간이 빚은 그릇은 인간만이 쓰는 것이 아니고 세상의 모든 것들이 공부하고 공감하고 공존하는 생명이 빛이라고 한다.

스님이 언술하는 바, 인간은 쓰다가 버려지는 그릇이고 금이 가고 깨지는 그릇이다. 미처 쓰이기도 전에 부서지는 그릇이며, 머무를 듯 머무를 듯 기억 속에서 잊혀가는 그릇이다.

잊혀가는 그것이 아쉽고 안타까운 그릇이다. 동시에 잊혀서
는 안 되는 빛나는 그릇이라는 것이 스님의 인간관이다. 인간
에 대한 사유를 열거하면서 보여주는 스님의 인간관은 심원
하다. 이런 스님은 인간이 불완전하고 불안정한 존재임을 알
고 가변차선을 허용한다. 그래서 스님의 인간관은 편안하다.

> 서울 대전 간 고속도로에는 가변차선이 있다
> 평소에는 통행할 수 없는 길이
> 어떤 상황에서는 허용되는,
>
> 당신의 삶 속에는 어떤 가변차선이 있습니까?
> 가지 말아야 하는 길이
> 상황 변화에 따라 한시적으로 허용되는 길
> 우리는 얼마나 많은 가변차선을 가지고 살까
> 그 가변차선이 작용하는 범위가 많고 클수록
> 서로를 이해하는 폭이 커질 수도
> 서로에 대한 불신이 커질 수도 있는 선
> 내 가변차선은 누구에 의해 설정되어야 하며
> 그 정당성은 어디까지 허용되어야 할까
>
> 허용하는 사람과 집행하는 사람 사이에
> 마음의 간격으로 그어지는 선
>
> —「가변차선」 전문

　가변차선은 교통량이 많은 방향으로 차로를 늘려주기 위해,

특정 차로의 통행 방향을 시간대별로 변경하는 도로 운영 방식이다. 신호등을 이용한다. 통행량이 현저히 다른 양방향 도로에서 정체를 줄이기 위해서다. 대개 1~2차로를 가변적으로 운영한다. 이는 우리 삶에 대한 비유다. 인생에서 가변차선이 없다면 얼마나 숨이 막힐까.

스님은 평소에 통행할 수 없는 길이 어떤 상황에서는 허용되듯, 인생에서도 어떤 가변차선이 있어야 한다고 한다. 스님은 "당신의 삶 속에는 어떤 가변차선이 있습니까?"라고 독자에게 묻는다. 살아가다 보면 가지 말아야 하는 길을 한시적으로 살 수도 있다고 한다. 가변차선이 있으면 서로를 이해하는 폭이 커질 수도 있다고 한다. 통변이고 무애다. 중생에 대한 이해다.

중생에 대한 쉽고 심원한 이해를 보여주고 있는 스님은 인간과 비인간에 대한 자비로운 마음을 놓지 않고 있다. 정취암에서 "부처님 도량을 조금이라도 더 맑게 하려다" 생을 마친 벌목공 김동수의 생에 대해 안타까워하거나(「고결한 삶」), 서울역에서 만난 노숙자를 두고 "그는 어디에서 와서 어디로 가는 걸까?"(「서울역에서」)라고 근원을 묻는다.

정취암에 와서 생을 마친 진도견을 벚나무 옆에 묻고 쓸쓸해하면서 "내생에도 좋은 인연으로 만나 서로를 탁마하는 좋은 도반이 되자"(「옹이를 보내면서」)고 하며, 역시 정취암에서 10년을 살다가 죽은 개를 "누구에게나 안기어 기쁨을 나누어 주던 너는/자비를 베푸는 관세음보살의 화신이었다"(「관세음보살,

다녀가셨다)고 한다.

또 스님은 절 주변의 까마귀와 까치와 참새와 박새, 그리고 뱁새, 다람쥐, 청설모를 위해 헌식대에 곡식과 떡조각, 빵조각과 과일 껍질을 올리며 중생들의 "일상이/자유롭고 평화롭기를 기원"하기도 한다. 이렇게 스님은 인간을 홀로 존재하는 독립적인 개체가 아니라, 짐승 등 다른 비인간 존재들과 상호작용하고 연결된 '연기적 존재'로 보고 있다.

3

전통적으로 수행자에게 여행은 안주하지 않고 끊임없이 자신을 닦는 과정의 일부였다. 천축의 석가도 중원의 공자도 중동의 예수도 그랬다. 수행자의 여행은 단순한 관광이나 휴식을 넘어, '내면을 성찰하고 진리를 탐구하는 이동'이다. 스님의 시집 속에 국내외 여행을 하면서 얻은 여러 편의 시가 보인다. 수행자에게 여행은 '만행'이라 불린다. 만행은 여러 곳을 돌아다니며 견문을 넓히고 깨달음을 구하는 수행 방식이다. 만행은 한곳에 머물며 생기는 집착을 버리고, 진리를 찾아가는 능동적인 행위다. 또 집착의 해소와 일상 탈출을 위한 여행이기도 하다.

만행은 익숙한 일상에서 벗어나 새로운 환경을 접하게 함으로써, 평소 가졌던 고정관념이나 집착을 깨는 계기를 제공한다. 표제시 「불타의 달빛 유희」는 인도 여행 중에 쓴 시다.

　　빼빼 마른 전정각산을 내려온 달빛
　　소똥보다 천하디천한
　　불가촉천민들이 사는 마을을 지나
　　금모래톱 일렁이는 니련선하 강가에서
　　고행의 옷을 벗고 멱을 감는다

　　싸릿대처럼 앙상히 마른
　　고타마 싯다르타
　　한 줄기 바람 쪽빛 깃을 세우는
　　움튼 밀밭 사이를 지나
　　행복한 여인 수자타를 만났다
　　수자타여
　　그대 행복한 여인아
　　이슬처럼 맑은 눈빛
　　어진 마음의 유미죽 공양
　　삼계에서 가장 평화로운 이의
　　고행을 쉬게 하고
　　세상의 아침을 눈뜨게 하는구나

—「불타의 달빛 유희」 전문

　시의 주인공은 싸릿대처럼 마른 고타마 싯타르타다. 고타마 싯타르타는 천한 불가촉천민들이 사는 마을을 지나 니련강가에서 멱을 감는다. 산에서 내려온 달빛은 강 수면을 금물결로 일렁여 준다. 여인 수자타를 만난다. 고타마 싯타르타는 수자타가 올리는 유미죽을 먹고 "세상의 아침을 눈뜨게" 된다. 달빛 유희라니, 아름다운 배경과 정성들인 음식, 빼빼 마른 수행자와 이슬처럼 맑은 눈을 가진 여인이 대응되면서 어떤 아름답고 장엄한 서정을 발휘한다.

스님은 중국 신장위구르 둔황의 사막 가운데 있는 밍사산(鳴沙山)을 여행하여 「밍사여운(鳴沙餘韻)」이라는 시편을 남기기도 한다. 밍사산 모래가 사각거리는 소리를 듣고, 달빛이 내리는 월아천을 보고, 밤새 잠을 못 이루며 뒤척이는 객이 된 스님은 "부처님 법음이 모래알을 굴려/금빛 물결 여운 빛으로 밝아와/시공을 넘어 삼천세계로 여울진다"고 한다.

미국 여행 중에 쓴 시 「뉴욕 도솔암 단상」과 「베어마운틴에서」에서도 자연의 아름다움과 어디에나 부처님이 편재함을 진술한다. 동시에 9.11사건을 통해 종교간 쟁투로 소멸했거나 소멸해 가는 생명들을 위해 "당신의 눈으로 살피소서/당신의 귀로 들으소서/당신의 품으로 안으소서" 하고 관세음보살을 호명하며 기도한다. 훼손되는 생명에 대한 안타까움을 관세음보살을 통해 구원해 보려는 소망을 형상하고 있다.

외세에 수없이 짓밟히고 찢긴 산하
일연(一然)은 노을 지는 산마루에 서서
70여 년의 수행력으로 가슴을 쓸어내린다
먹먹한 가슴에 맺힌 멍울을 풀어

지필묵 펼쳐놓고 잊히고 굴절된 삼국의 역사를
복원하며 다시 써간다.

"위서(魏西)에 이르기를 지금부터 2천여 년 전에 단군왕검(檀
君王儉)이 계셨다. 아사달에 도읍을 정하고 새로 나라를 세웠는
데 국호(國號)를 조선(朝鮮)이라 하였다."

역사를 바로 세워야 나라가 살고 나라가 바로 서야 백성이
있다.
백성이 평안해야 미래가 있고 미래를 바로 세우려면 역사를
바로 알아야 한다.
일연은 잃어버린 역사를 바로 세우려는 씨앗을 심었다.
—「일연의 꿈」 전문

시 「일연의 꿈」과 「파도의 노래 ― 독도」는 의미의 궤를 같이
한다. 민족이라는 개념을 포유하고 있다. 고령의 일연 스님은
당시 외세의 수레바퀴에 짓눌리고 훼손되는 민족의 정체성과
민중의 힘을 깨우기 위해 삼국 이전의 역사와 삼국의 역사 이
외의 내용을 복원하기 시작한다. 일연 스님은 『삼국유사』를 통
해 『삼국사기』에서 다루지 않은 단군신화를 비롯한 설화와 향
가 등을 기록으로 남겼다.
독도에는 강치들이 살았다. 독도는 원래 파도의 노래가 자
유스러운 강치들의 터전이었다. 그런데 어느 날 "훈도시 차고
머리 질끈 동여맨"(「파도의 노래 ― 독도」) 일본의 침략자들이 폭풍
처럼 몰려와 "강치의 정수리에/일본도를 무참히 꼽았다". 이

잔혹한 상흔을 품은 독도가 강치를 기다리고 있다고 한다.

스님은 시에서 "이 세상 모든 것은 아름답지 않은 꽃이 없고/귀하지 않은 삶이 없다"(「대·방·광·불·화·엄·세·계」)고 한다. 스님은 아름다운 꽃, 귀한 삶을 수호하기 위해 중생의 생명을 위협하는 모든 조건을 배타적 언어로 표현한다. 사회경제적이거나 시사적이고 정치적인 사건이 시로 드러낸다.

이를테면 시 「인과응보」에서는 코로나19를 인간이 자연 속의 일부임을 망각하고 오만방자하게 산 응과응보로 본다. 대통령 선거일에는 대통령에 출마한 독재자의 딸을 우려하며 "새 달력으로 바꾸어 달"(「새 달력으로 바꾸어 달다 — 독재자의 딸을 우려하며」)기도 한다.

4.

수행자와 음악은 서로 다른 영역처럼 보인다. 그러나 '마음의 집중', '호흡', '명상'이라는 공통분모를 가지고 있다. 수행자에게 음악은 단순한 즐거움이 아닌, 내면을 성찰하고 몰입을 돕는 도구로 활용된다. 필자는 스님의 시집 속에 보이는 여러 음악 제재 시편에서, 스님이 오랜 세월 음악에 관심을 갖고 내면화했다는 것을 눈치 챌 수 있었다.

시 「가을 숲길에서 게리 카를 듣다」를 비롯해 「산사의 아침」 「꿈속의 고향」 「샘치기 놀이」 「루바토」 「관세음보살의 노래」 등

여러 편의 시에서 독자들은 스님의 체화된 음악세계를 만날
수 있을 것이다.

가을 숲길을 가다
벌거벗은 디오게네스를 본다
바람에 일렁이는 하늘 틈 사이로
사금파리처럼 흩어져 반짝이는 빛 조각들이
낙엽 위로 쌓여간다

가을 숲길을 가다
사그락거리는 발자국 소리에
화들짝 놀라 솟구치는 장끼를 본다
그러나,
그리 멀리 날지는 못하는구나
빛의 역사를 따라잡지는 못하는구나

파르테논 신전에서 만난 아테나의 여인에게
무성한 턱수염이 여름 숲속 같고
형형한 눈동자 욕망의 속내를
천막처럼 감춘 사내의 안부를 물어본다
그러다가,
듬성듬성 서 있는 신전의 기둥 사이에서
긴 그림자로 누워 있는 디오게네스를 본다

온몸으로 햇빛을 탐하며 게리 카를 듣고 있다
　　　　　　　　　　—「가을 숲길에서 게리 카를 듣다」 전문

이 시를 읽으면 잠시 정취암 절간에서 나와 이어폰으로 음악을 들으며 대성산 가을 숲길을 걷고 있는 스님이 떠오른다. 스님 어깨 위에 떨어지는 가을 햇살은 낙엽 위에도 떨어져 사금파리처럼 반짝이는 듯하다. 인기척에 놀란 장끼가 갑자기 하늘로 솟구쳐 건너편 산으로 날아가는 모습이 보인다. 시집 속 각주에서 보여주듯 게리 카(Gary karr)는 콘트라베이스 연주자다.

스님은 드보르자크 교향곡을 통해 현상에 대한 "아주 작은 떨림과 숨결"(「꿈속의 고향」)을 감각하기도 한다. 음악을 통해 제현상 낱낱 생명의 빛을 본다. 자연의 현상을 오케스트라의 합성과 조화로, 하늘을 여는 언어로 인식한다. 또 프리마돈나 조수미의 공연 일화를 통해 그녀의 "치매를 앓는/어머니께 바치는 노래가/어머니를 위한 프리마돈나의 사랑이/세상의 모든 어머니를 따뜻하게 품어//세상과 더불어 사랑을 나누었다"(「셈치기 놀이」)고 한다.

시 「루바토」에서 스님은 쇼팽이 "야상곡에서 시간을 훔친다"고 전제한다. 이런 상상의 연장에서 낙엽은 빛을 훔치고, 조각구름은 바람의 숨결을 훔친 범인이다. 그러나 낙엽은 빈 나뭇가지 사이로 하늘을 훔쳐보고, 산마루에 걸린 달은 조각구름을 훔쳐본다. 이렇게 서로 시간을 물고 물리며 훔치고 훔침을 당하며 돌아가는, 즉 연기와 연계와 연결이 세계 운용의 법칙이라는 인식이다.

산다홍 붉은 선홍빛 마음
봄빛으로 꽃 피어나면
관세음보살 그리는 마음
아지랑이처럼 아른거리네
소쩍새는 밤새워 울고
관세음보살 관세음보살
밤하늘의 별이 되어
긴긴 밤 지새우네

—「관세음보살의 노래」 전문

그동안 오랜 음악에 대한 스님의 관심은 시 「관세음보살의 노래」로 포섭된다. 봄 산에 피는 산다홍 꽃에 마음이 따뜻하게 부풀어 오르는 봄날의 흥취를 전제하고, 이것을 관세음보살을 그리워하는 마음으로 전화시킨다. 소쩍새가 밤새워 우는 소리를 염불소리로 듣는다.

필자는 대성산 정취암에서 내려다보이는 아침 풍경을 본 적이 있다. 끝없이 이어지는 첩첩산과 고랑을 채우는 안개를 본 적이 있다. 가히 천하의 명승지다웠다. 스님은 산사에서 내려다보이는 경관을 "얇은 천으로 휘장을 두른 듯한 옅은 안개 사이로/실루엣처럼 떠오르며 굽이치는 산자락/굽이굽이 흐르며 반짝이는 윤슬의 물결이 된다"(「산사의 아침」)고 묘사한다. 더하여 숲길에서 들려오는 새들의 지저귀는 소리를 뱃노래로 비유하고, "햇살에 일렁이는 나뭇잎들"을 빛의 관현악 합주로 비유한다.

세상은 개인의 생각이나 성격, 이념, 생김새가 서로 다르지만 충돌하지 않고 음악처럼 아름답게 어우러져야 한다는 스님의 지론이다. 음악을 오랫동안 관심을 갖고 들어온 스님은 인생을 어떤 하모니, 즉 조화로 해석한다. 시「살아온 날의 하모니」에서 스님은 "산줄기마다 높낮이가 다르고 원근이 다르기에/더욱 아름다운 조화를 이루듯이" 우리 인생도 "다채로운 표정으로 하모니를 이룬다"고 강조한다. 음악에서 서로 다른 높이의 소리가 동시에 울려 일정한 법칙에 따라 결합하는 하모니에 인생을 비유하고 있다.

5.

수완 스님은 다양한 제재를 시로 형상하고 있다. 단순한 경물 묘사를 비롯해, 자비의 마음과 자비행, 국내외 여행과 깨달음, 음악, 시사적 내용 및 사회정치적 사건과 역사적 사건 등이다. 그리고 스님의 시에는 모든 제재를 하나로 꿰뚫는 어떤 정신이 있다. 그것은 평정심과 평상심, 그리고 평등심이다.

세상은 중생을 가만두지 않는다. 들들 볶아댄다. 때문에 일상에서 평정심을 갖는 것은 쉽지 않다. 평정심은 수행자는 물론 중생이 가져야 할 큰 덕목이다. 스님은 시「유마의 방·3 ―두 시선의 평형」에서 문수보살과 유마거사의 일화를 통해 평정심의 사례를 보여준다. 한 사람을 대하든 만 사람을 대하든 한결같아야 된다는 것이다.

또 스님은 평상심을 강조한다. 현대인은 무언가를 찾아서 밖으로 쫓아다니는 수고로움에 취해 산다. 주변에 바쁘지 않은 사람이 없다. 그러나 스님의 눈으로 보면 나는 것은 날아서 기특하고, 기는 것은 기어서 기특하고, 걷는 것은 걸어서 기특하고, 헤엄치는 것은 헤엄쳐서 기특하니, 모든 생명이 다 기특하다고 한다. 일상에서 특별함은 평상심 안에 있다는 말씀이다.

마지막으로 스님은 평등심을 강조한다. 시 「봄의 향연」에서 진술했듯 천천만만의 생명들이 제각각의 자태와 고귀함으로 귀하고 천함 없이 평등하다고 한다. 평등심은 봄날 각각의 꽃이 피듯 저마다 존귀한 모습을 가지고 있는 것과 같다고 한다. 스님은 세상을 "극락도 지옥도 없는 평등성지"(「그릇 · 1」)라고 한다.

孔光奎 | 시인 · 문학평론가

불타의 달빛 유희

수 완 시집